저녁 풍경이 말을 건네신다

실천시선 191

저녁 풍경이 말을 건네신다

2011년 3월 31일 1판 1쇄 펴냄
2015년 10월 6일 1판 3쇄 펴냄

지은이   전성호
펴낸이   김남일
편집   이호석, 박성아, 이승한
디자인   김현주
관리 · 영업 김태일, 채경민

펴낸곳   (주)실천문학
등록   10-1221호(1995.10.26.)
주소   서울특별시 마포구 월드컵로10길 48 501호(서교동, 동궁빌딩)
전화   322-2161~5
팩스   322-2166
홈페이지   www.silcheon.com

이 도서의 국립중앙도서관 출판시도서목록(CIP)은 e-CIP 홈페이지
(http://www.nl.go.kr/ecip)에서 이용하실 수 있습니다.
(CIP제어번호: CIP2011001283)

실천시선

191

저녁 풍경이 말을 건네신다

전성호

실천문학사

차례

죽음의 높이

치솟는 날개의 욕구들

보라, 죽음의 높이를 알고 있는
풀이나 잔디를

재봉공

재봉틀의 페달을 밟다 보면
나는 까맣게 사라진다
무릎이 집중하는 발끝
그래 사는 일은 몸의 일이다
땀수를 밀어내며
어느덧 나는 밖의 천 무덤에 쌓인다
똑같은 사이즈의 옷들이 꼬리를 물고 나와
똑같은 사이즈의 사람들을 찾아간다
소리, 빠르게 드륵 드르륵거린다
재봉틀 앞에 붙박인 나비들이
가만가만 반짝인다

제비집

처맛기슭은 언제나 시끄럽다

노란 주둥이 뾰족뾰족 들어 올리던 지푸라기 섞인 흙집

새끼들 날개 달아 띄울 때까지

밀, 보리, 감자, 강냉이 밭일에 파묻혀

손톱 밑이 까매지셨다

어린 나는 늦은 봄 햇살이 데우는 골목에

덧버선 벗어버린 신발처럼 앉아

호박잎에 가시 바늘로 쓴다 뿅뿅 구멍이 난 삐뚤한 내
이름

빠른 제비 그렸다

집을 비우면

마당 가득 제비 목소리

귓속을 날아다니고

나는 양곤 강남 쪽에 제비집을 짓고

양곤 엘레지

해 질 녘엔 누구나 자신의 긴 그림자를 보게 된다
이 생각 저 생각, 나는 서 있다
눈도 오지 않는 양곤에서
나는 나를 무한히 사랑해야 한다
눈처럼 흘러가는 흘라잉 강과 빤라잉 강*을
탓할 수는 없는 것
강을 먹고 사는 물고기처럼
나는 스스로 내 안팎을 채우지 못하고
어슴새벽 개밥 그릇 같은
어둑한 손을 핥는다
흘라잉 강과 바고 강이 만나 바다로 흘러가는
양곤 강, 소리 없이 바라보면
언제나 그랬듯이 나는
뼈 없는 몸처럼 멀리 흘러간다
몸서리친들 벽이 울더냐
노을 구름 가르며 물비늘이 묻는다
지워질 때처럼

다시 아침 햇살이

온몸으로 달려와 매달리는 하구의 미이와**,

탁류의 나는 말문을 닫는다

그러나 들을 수 있다

까마귀 울음소리조차

새로 태어나는 해 질 녘 미이와를

흘러가는 나의 긴 그림자

---

* 둘 다 라잉 강의 다른 이름이다. 강이 지나쳐오는 지역 이름에 따라 강 이름이 다르게 불리고 있다. 양곤으로 흘러드는 동쪽의 바고 강과 서쪽의 이라와디 강 중간을 흘러내리는 흘라잉 강이 만나 양곤 강을 이룬다.
** 양곤 강이 안다 만으로 빠져나가는 만의 입구에 있는 미이와 지역 때문에 간혹 미이와 강이라고 불리기도 한다. 그러나 정확히는 양곤 강의 하구이자 안다 만의 입구다.

흘란따야의 편지

내가 원하는 것은 오래 살갗을 파고드는
손끝이 아니라도
네게 흘러오는 눈빛 그렇게 바라보고 싶어요
푸른 흘란따야* 앞에 두고
나는 양산도 없이 부끄럽게
땡볕의 둘레를 깜깜히 걸어갑니다
오래 걸어온 흘란따야,
내 발자국이 굳은 길
뚜렷한 땀이 흘러내리는 곳
그러나 지금은 붉은 세인빤을 위해
창밖에는 바늘 같은 햇살 떨어집니다
드륵 드르륵 상표를 박고 있습니다
빤라잉 강을 품은 변함없는 흘란따야,
건기와 우기 그리고 문밖의 겨울
우리는 론지**를 입고 뺨에 따나카***를 바르고
슬리퍼가 뒤꿈치를 칠 때
발자국 위를 걸어갑니다

지난 시간들이 사라져가고
돌아올 시간 시간 앞에
마음마저 얽매이지 않는
노래 잇대어 부릅니다
그늘 속에 우리
끈을 놓지 않게 하는 흘란따야,
내 오래 지속되는 사랑

---

* 오팔(OPAL)이라는 큰 봉제공장이 있는 양곤 서쪽 산업공단 지역의 이름.
** 미얀마 사람들이 허리 아래에 치마처럼 두르듯 입는 전통 복장.
*** 미얀마 여성들이 강한 햇살을 차단하기 위해 양 볼이나 얼굴에 바르는 천연 추출물. 나무를 갈아 수분이 많은 분말 상태로 사용함.

개 울음

개는 흔드는 꼬리가 입이다
서로 낯설지 않은 것들은
울음의 천성을 바꾸지 않는다

음음한 밤,
사원 아래 야자 숲의 습기 속에서
긴 울음이 터진다
나뭇잎 사이를 지나가는 귀들이
덩달아 짖는다

귀신이 보이는가
또 어느 몸에 영매(靈媒)하는가
살아 있는 귀들이
팽팽히 운다

개들은 눈물 없이 짖는다
낮별은 보이지 않고

눈 감아도
귀는 깨어 숲 너머를 본다

쉐다곤, 황금 사원의 둥근 새벽,
이슬을 듣는다

거먕빛 영물 씨
개가 운다

아이 울음

처처에 세인빤*
눈물 자국을 따라 꽃잎이 흘러내린다

어미는 십삼 세
젖 빠는 아이의
하늘은 가량없고
울음은 홀로
무덤보다 깊은 입을 짊어지고 간다

머리칼에 붙은 이를 잡다가
나 또한 아이처럼 울며 녹슬어왔다

허기지면 살아 있는 모든 것들은 운다
어스레한 저녁
아리잠직한 틴틴은 어린 아비
발치의 식솔들이 바라보는 사이카 페달을 밟으며
틴틴의

18

삐걱이는 뼈들은 돌아온다

---

* 포이시아나. 5월이면 붉은 꽃이 화려하게 나무 전체를 뒤덮는다. 다 자
란 나무는 한국의 벚나무만큼 크다. 잎과 꽃이 바뀐 나무라 불리기도 하
는 이 나무의 꽃은 파스텔 톤의 붉은 꽃이 피어 나무 둘레에 몽환적인 분
위기를 펼쳐놓는다.

아니스칸 힐 우소민의 집

아니스칸 폭포는
저녁 광채를 끌고 죽음보다 깊은 곳으로 흘러든다

아니스칸 힐*
한 송이 꽃으로 피어나는
우소민**의 집
달이 뜨면
손때 묻은 미국산 가구들이
하늘로 뛰어오르는
폭포를 지키고 섰다

꿈을 간직한 사람들은
아니스칸 힐을 바라본다

소릿바람에 떨지 않는 언덕
나는 유배지의 물고기처럼
깐족거리는 풀벌레 소리가 밉지 않다

당나귀 기침에

별이 튀는 밤은 달콤하다

과욕 없는 집 배딱지 검붉은

아니스칸 힐

벽
—매미 울음

사이카를 밟아 돌아올 때 사내는

입과 귀를 열고 바퀴살은 눈을 열고

투지를 벼리어 끊고 맺는 높은 음역

질문하고, 탓하고

나의 정치 나의 경제

작열하는 따가운 눈빛 아래 서로 버팅기지

대추알은 익을 때까지 더 깊이 울지

나는 울음 그친 뒤의 환청을

얼음 바닥까지 끌고 가

벽을 치지

불볕을 뚫는 어둠

소리조차 모른다

지난해도 멀리 지지난해도 그랬다

소리는 벽처럼 문을 닫는다

떠자민의 힘

신은 올가미 씌우는 기술자

한낮에 물이 걸어 나온다. 4월 중순, 사는 일의 더러움을 씻기 위해 도로변 가설무대에 모여드는 사람들, 무대마다 물을 맞고 가는 사람들, 군중을 실어 나르는 트럭 지프들, 서로를 향한 아우성이 온몸에 젖어들 때까지 새 옷 새 신발이 물에 젖어들어야 한다 사람이 사람을 물로 두들기는 축복, 나는 '떠자민*'의 눈으로 물을 맛본다.

들판의 목구멍이 말라비틀어져, 날것들 허기져 울어대던 날, 브라마인들 어쩌랴, 물바람 한사코 불어 뭇 사람 머리에 생째 물만 쏟아붓는다

잘잘못만 구별하는, 치료약 없는 떠자민 흘러야 한다

아스팔트 해진 도로에 물이 고여 해가 지고 있다

----

* Thagamin. 민간신앙으로 전해 내려오는 토속 신[정령 숭배의 낫(Nats)]이다. 인간의 잘잘못을 심판하며 신년 축제인 떤잔 때 3박 4일간 지상에 강림한다고 한다.

바람의 일기

어깻바람 둔덕을 넘자
뭇 들이 넘어진다
남아 있던 햇빛 쪼가리
까마귀 날갯죽지들이 품고
숲 속 어둠을 비빗거리러 간다
차가운 길들이 눕는다

빨간 저녁, 소멸의 빛들
문이 닫혀가는 시각
발들이 더 이상 꼿꼿이
땅 위에 서지 않는 시간들
거리에 서서 환한 창을 향해
더듬이를 세워야 한다

싸우는 일로 가난을 견디는 동네 그래서
가난 속에는 피가 흐르고
싸움은 어느덧 가난을 지나가지

늘어나는 자동차 경적 소리
매연이 살을 파고들지

가시랭이보다 못한 나는
시멘트 바닥에 누운 소의 눈 속에 집을 짓고
감기는 눈 속엔 가물가물
건기 철을 흐르는 강물

언제까지 털 빠진 짐승처럼 살아내야 하는가
바람 한 줄기 빠져나가지 못하는 파고다의 첨탑 사이
되돌아갈 길은 없는데
온종일 다정했던 나무, 풀, 돌, 집
나도 그렇게, 그렇게.

어둠과 환함의 중간 정도에서 바라보다
—빠라잉 5번 그늘집

비 맞는 빠라잉
두 마리 겨릿소 매어 짝 묶듯
양쪽 강변을 묶는다
강물 끌고 휘우듬 굽어가는 밀물
물고기들 데려온다
섬 같은 가난, 긴 이불이 되고 싶다
때론 비늘 되어
그물을 끌어당기는 거뭇빛 팔뚝이고 싶다

양곤 미와 강 하류에서 빠라잉 강까지 온몸 밀쳤다가
강물과 다시 빠져나가는
큰 숨을 누가 쉬게 하는가
강을 부드럽게 호흡하는 달

수많은 왜가리는 누구에게 자리를 비워주고 돌아오
는지

물 건너 빈민굴 빗줄기 끊어진 뒤
다시 햇볕 따갑고
더 먼 곳을 바라보면
평온한 5번 그늘집

말 없는 나의 돼지들은

나일론 목줄을 맨 채
노을 앞을 어슬렁거리는 돼지들이
사람과 차량들 속으로 간다
코를 땅에 처박아 콧김 날리며
서로 눈을 맞춘다
할 말을 삭이며
살을 찌우는 목숨들은
같은 곳 같은
순간을 서성인다
숨통도 없이
하얀 주둥이를 내밀며 서로를 바라본다
어둠은 어둠일 뿐
빈속보다 더 두려운 것은 없다
입을 지닌 채 산다는 것,
가끔 그믐 같은 길
구름처럼 잠시
먹거리를 챙겨야 한다

꿍*을 씹어 내뱉는 주인의 붉은 침

발끝의 체리나무까지 붉다

꽃잎들 무한히 떨어져 내리는 동안

털가죽에 쌓인 엉성한 몸

말 없는 노을 속을

꿀꿀대며 온다

---

* 꿍야. 비틀나무 푸른 잎에 석회칠을 하여 빈랑나무 열매와 담뱃잎을 넣고 싸서 씹는 입담배 일종이다. 오래 씹으면 묽은 액체가 입안에 생겨나면서 치아가 벌겋게 변한다. 씹다 보면 처음엔 입안이 싸하기도 하고 조금 따끔거리기도 하다가 약간의 환각 작용을 일으키기도 한다.

미얀마, 두들기는 소리를 듣는 북

빗방울이 하늘로 다 올라간 뒤였다
폐기종이 든 숲에
빼예이유띠*, 북소리가 들린다
한 잎 푸른 숨을 쉬기 위해
근육을 뒤집는다
물고기는 피로한 꼬리지느러미와
흰 뱃가죽을 접었다 펼치며 물을 향해
숲을 가로지른다
대낮을 거쳐 어둠 너머까지
별을 꿰뚫는 빼예이유띠
고작 한 날이, 개미 같아서
두드려도 소리 나지 않는 북소리를
나무와 돌의 귀들이
말없이 듣고 있다

"나는 결코 몸과 마음을 편히 쉴 존재가 아니다"

질문보다 먼저
뱃가죽을 두드리는 소리,
때론 우리에 갇혀 있는 마음은
내달릴 수 없다

국가 속에서 국가 없는 별들이 꾸는 꿈을
내가 이룰 수 없다면
먹이도 탁발도 없는 것
해 뜨면 무거운 숲,
그래도 아이들은 자꾸 태어나고
모힝가** 한끼에도 새로운
빼예이유띠, 쉼 없이
걸음을 걸어야 한다.

---

* 스님이 매일 동네 스피커를 통해 붓다의 공덕을 독송하는 것을 지칭한다.
** 아침에 먹는 국수. 실같이 가늘어 죽처럼 흐물거린다.

강 따라 바다로

세상의 대낮을 서쪽으로 끌고 가는 배

구름 죽어 빗방울 낳고
비나리나 치다가 배나 채우다가
강 따라 걸어와 바다가 된다
산만 바라보다 산이 된다
그림자 따라가는 것조차 어쩌하지 못하는
내 말이 내 안에서 끝날 때
저물어가는 나를 불러 묻는 이라와디
산 것들은 왜 이리 뻔뻔할 수 있는지
어깻죽지에 야자 잎사귀 날개를 달고
지상을 떠나는 강물
벌써 바다 배 속이 불러온다
구두 뒤창에 어둠 몰려오기 전까지
물고기들이 수면 위에 남기는 흔적 흘러간다
가다 지느러미에 매달린
둥근 길을 열어 이름을 지운다

비탈진 고갯길 일몰은 커 그림자 길고
속사정 뻔한 나를 말없이 승인하며
뿌리 없는 바다로
바다로 가는 이라와디

조랑마차

수레차를 끄는 조랑말
곁눈막이 가린 채
목소리와 채찍을 따라
달려야 한다
어디가 앞인지, 뒤인지
눈 없이 달리는 거리

한 떨기 풀만 먹고
힘은 어디서 날까
마른 볼기 밑 똥주머니 차고
거리거리 골목마다
종일 방울 소리 굴리며 누벼야 한다

네댓 정원 초과 위에 다시 짐을 싣는
천년의 등짝, 말라 소금이 된 눈물 대신
내뱉는 콧김만큼
부풀어 오르는 마부들의 웃음소리

발굽이 가벼운 저녁
어둠이 몰고 온 휴식의
슴벅이는 눈

오래 달리고 또 달리며 깨닫는 눈먼 바람의 길
때론 날 세운 칼날처럼 목덜미를 스쳐가는

저녁 풍경이 말을 건네신다
—바간

팃검불 묻은 채 일어나셔서
맞이하는 2,500기의 검붉은 경배, 탑은
알 수 없는 무아의 경지
나비처럼 허공을 묶어
천년의 또 다른 앞을 날지
해 지는 동네의 가난한 얼굴을 씻어내리는
밥 짓는 연기
반찬 조리는 냄새가 집 밖을 나갈 때
누룽지처럼 타서 구수하게 탑의 코를 적시는 노을,
나는 발등이 간지러워
벌판의 까마귀 떼를
사람 사는 집 가까이 불러들인다
숲을 헤치며 바쁘게 뛰어다니던
쉐지공 네 칙칙한 몸빛
무얼 숨기시는지 저마다 선 자리가
깊은 우주의 한가운데여서
이라와디 강*을 가로지르는 캄캄한 새 한 마리

해 뜨면 탑으로 돌아온다

기는 것 나는 것 모두가 어둠을 이겨내야 하는 것

긴 그늘처럼 살아 사랑하는 법을 배우는 동안

숫구치고 무너져 내리며

지켜보고 계시는 검붉은 내 경배

---

* Irrawaddy R. 길이 2,090킬로미터. 유역 면적 41만 1,000제곱킬로미터. 미얀마 북부 산지의 카친 지방에서 발원하여 멜리카 강과 메이카 강으로 갈라져 흐르다가 뮈쩌나의 북쪽에서 합류한다. 미얀마 대동맥으로 서남쪽 끝까지 흐른다.

무풍지대
—따옹지

긴장 없는 길은 멀다
맹아처럼 앉은 사내들
비만 갸름갸름 빈추나무 잎사귀를 핥는다
바람 없는 날들은 태풍보다 위태로워
갈 곳 없이 둘러앉아
어제 얘기를 다시 잇는 이마들
찻집 안쪽에 갇혀 꿈을 씹는다

앉은뱅이 대나무 의자
드러누운 개 발등에 얹혀
반쯤 잘려나간 오후
커피 잔에 자꾸 날아와 붙는
파리 떼를 쫓느라 콧살 찌푸리고
잔 안에 흐린 크림처럼
서름한 맨눈의 시선들
온종일 확성기에서 흘러나오는
불경의 파편들이 온몸에 박히는 시간

뜨거워지는 정오의 이마를 위해
좋은 일이 곰비임비 일어나진 않는다
참을 수 없는 엉치 등뼈
나는 저들의 숙련된 무료함에
두 손 들고 일어선다 그러나 어쩌랴
비 그친 들판의 풀들은 새롭다

雨

빗방울 떨어지면 마음 허하다
빗발치는 들판 위 모든 것은 형제다

들녘이 젖고, 공사장이 젖고
빈랑나무 잎이 젖고, 서름한 되모시 머리가 젖고
빈민굴 떤양공이 젖고 기어코 내 뒷덜미가 젖는다
대지가 쑤군거리고
풀들이, 나무들을 쑤석대고

천둥 온 다음 쇠오줌같이 힘센 빗발이 쏟아지면
보리수 우듬지에 앉아 있던 새들
한두 가지 내려와 잠든다
집 안으로 피신하는 개미들
잡다한 벌레들 날아든다
섬모를 달고 평지처럼 달리는
천장의 엠먀웅* 그저 예사롭다
반년을 빗속에 그림자를 적시고 사는 사람들

젖는 것들이 다시 젖는 긴 우기
나는 햇빛 없이 묵처럼 굳어가고
무심히 화기애애한
드난살이들, 론지를 걷어 올린 사람들은 빗속을 가고

쏴— 지붕 때리는 여우비, 해낙낙해진 나는
깐죽대는 빗소리, 새소리, 맹꽁이 화음에
육자배기 한 곡 불러 올린다

가지 뻗는 길 따라 역풍에 흘리는 눈물
겨자씨에 담긴 꿈을 퍼 올리는 나는
파란 잎이었다가, 들판의 푸른 녹나무였다가
옆구리 젖어 재촉하는 비바람이었다가
잠을 깨우는 계곡
상승하는 구름을 넘어, 비를 만들고

매 순간 거듭 태어나는 드넓은 들판

산 중턱을 세차게 달려가는 빗발이다

보이는 것 모두 씻어내리는 작달비
숲을 가두고 호수를 가두고
결국 산을 가두어, 풍경 속에
나를 가두는 빗줄기
조그마한 구릉 앞 텅 빈 들녘까지
무엇이 서러우랴

아직도 먹구름 치고받고 물어뜯는
아열대 잎사귀
수런거리는 목소리들을
굵은 빗방울이 떨어뜨리고 간다
코코넛 잎 사이, 부챗살처럼 벌어진 발가락
낮은 구름 지나간 뒤
마음 멈춰 서지 않는 것은
어느덧 쉼 없이 내리는 내 안의 빗줄기

받아안은 탓이다

눈 내리는 미얀마

두 시간 반 시차를 타고
YTN 뉴스에 눈이 내린다

어쩔 수 없는 명령처럼 얼어붙은 강
살아 있는 것들을 찾는
발톱이 아프다

눈과 상관없는 미얀마 사람처럼
나는 찬 눈을 마시고도
한낮이 무료하다

흘라잉*, 네 앞에 서면
주머니는 쓸쓸해지는데,
두 시간 반 전의 눈들아
나는 마주 선 위도보다 아득한 곳
빠떼인** 너머 우기의 빗줄기 희미한 곳
어떤 발자국에도 속하지 않은 모래 속으로

더 깊이 남하해야 한다

---

* 양곤 서쪽 방향의 흘란따야 지역을 세로로 흘러내리는 강.
** 서쪽 챠옹다 바다 가까이 있는 농경 도시.

햇살이 웃는다

탑 속을 파고드는 햇살
비늘 떨어져 숲을 비추고

마음이 햇살 같지 않을 때
나는 어둔 숲 속에서
밑 없는 낭떠러지를 바라보며
짐승 울음으로 늙어갈 뿐

모두 오래 서 있을 수 없다

무궁함을 바랄 뿐
살아 햇살이 웃는 까닭을 배운다

망고 나무가 있는 집

풋망고가 조랑조랑
젖을 빨다 양철 지붕 위로
뛰어내린다
나는 놀라고 풋망고는
벌러덩 자빠지며 뒹군다
나는 속으로 씩 웃고
망고는 참지 못해 제 온몸에 상처를 낸다
떨어지지 않고 버티는 놈들에게
손사래 치는 잎사귀의 바람, 그러나
뛰어내려야 했던 멍든 자들이
내 다리를 꽉 물어버린다

관찰

Ngapali, 빨간 게가 있는 바다
날씨 꾸름하니 게들이 더 아우성이다

딱지 안으로 옴츠릴 수 있는 겹눈과 왼쪽의 큰 집게발
과 오른쪽 작은 집게발을 가지고 끼리끼리 다투지만 영
역을 위해 목숨을 버리지는 않는다

천적은 신선하다 더 많은 자극일 뿐
머리통에 작대기를 세운 채 달리는 게들, 오므렸다 펴
는 열 개의 오금이 빠르다
때로 부끄러움이 극치에 달할 때 거품을 게운다

위급할 때마다 집을 만드는 게는 네 개의 발로 구멍을
파면서 네 개의 발로 기어 나온다
옆으로 걷는 전진과 후퇴의 기술, 그렇다 모래밭은 귀
로 듣는다

밤하늘의 이방인

이방인의 반쪽 얼굴

시래깃국 그릇 같다

푸른 기가 도는 하얀 살

살 거죽에 뚜렷한 福자 들어 있는

푸성귀 다듬고 골라

겉대의 우거지로 끓여 담던 된장국 그릇

숟가락 벌써 그릇에 들어가

국물을 훌쩍거린다

담근 숟가락은 단단한 삿대

자꾸 앞으로 나아가라 저어댄다

텅 빈 주머니

에라 오늘 김치 넣고 라면이나 끓여

소주 한잔 쭉 들이켜자

어느새 수백 마리 까마귀가 잠든

망고 나무에 걸터앉아 대작을 기다린다

바고 강

변두리에 나앉는다
구름만 흘러가는 강가
그림자 없는 나무 어디 있을까

살아 있는 것은 끝내 제자리를 비워내야 하는 것
에굽어 내려가는 느린 물살의 침묵도
강둑에 붙박이지 않으려는 것

마른 쇠풀 들꽃대의
흔들림 속에 기막히게 나는 살아 있다
죽음을 모르는 아이처럼 곧게 흘러가는 물
모여 흐르는 무게가 바늘 같아
때로 뼈대 굵은 동물로
다시 물이 되거나 텃새 되어 흐르는
바고 강*

---

* 드넓은 바고 지역에서 양곤으로 흘러들어오는 큰 강, 바고는 양곤 북쪽
으로 80킬로미터쯤 떨어진 옛 몬족의 수도였다. 바고 강은 양곤에서 이라
와디 강과 흘라잉 강을 만나 양곤 강에 이른다.

가난한 풍경이 말하는

내가 연 세상 내가 닫고 가야 한다
문제는 많은 문을 열었다는 것
풀잎 하나 스스로 흔들리지 않듯
오가는 모든 것 바람의 눈을 가졌다
한여름 뼈를 깎는 매미처럼
예리한 칼날 위를 넘어가는 가시들의
따가운 소리 그러나
빈 하늘의 적요는 깨어지지 않는다
어깨에 어깨를 의탁하며
지울 수 없는 바람의 눈으로
뼈를 깎는 귀들아 보아라
얇은 풍경의 잔떨림,
내가 뱉은 말들이 나를 꿰뚫고 있다
한 몸 먼지 되어 날리는
단순하게 여과된 공중에서
나는 나를 들을 것이다
바람에 날리는 한 탓하지 마라 가난한 네 뼈의 틈새를

마른천둥

소리로 세계를 그리는 솜씨가 난해하다
눈 앞, 귀 뒤에는
아무것도 규정할 수 없는 것들뿐, 그러나
소리의 칼끝은 무디다
때론 철없이 피어올라 머리에 붉은 띠 두르고
쓸까슬러 서로 등지거나 맞서야 한다
긴 목 쭉 빼어
부룩송아지처럼 온몸 흔드는 아우성
조용한 얼굴에 근심을 풀어놓는다
강 넘어오는 잠자리 떼들도
잠시잠시 왔다 가버리는
내 어릴 적, 정 없이는
가을꽃 하나 부를 수 없어
꽃들도
초췌한 얼굴로 태어나고 싶지는 않았다

내가 나에게 묻는 말

미미한 한 날도
내 속에 가만가만 녹는다면
흐르는 바람에도 갇히지 않겠지
거처하는 집에 삭풍 부는데
횡격막을 뛰쳐나오는
그늘, 허물 수 없다면
귓전에 귀 울음 스미겠지
나뭇잎 하나도 스스로 오고 가지 않듯
부딪쳐도 깨어지지 않고
긴 산맥을 넘어가는 구름처럼
맘 깊이 맞장구치며 사라지는
내가 나에게 물어와도

마지막 선물

병원 벤치에 앉는다
발밑 풀잎이
링거병을 세운 채
밟히며, 견디며, 엎어지는 중이다

내 어머님의 마지막 선물은
여린 풀잎 한 장이었다

숨통을 끊어놓지 않은
환자복이 고맙다

햇살의 속내는
비릿하고 맹맹해

내 속에 자리잡은 돌덩이 하나
타협 없는 길 열어야 한다

혼자 있게 하는 별

먼 산이 어둠 풀고 나와도

담뱃불 여전히 빨갛다

멀리서 까불거리는 저 새로운 발톱들

다리를 건널 때마다 가로막는

또 다른 발톱

바람은 지혈되지 않고

사랑도 끝내 용서하지 못하는 것

길 잃을 길, 바람이

귀를 막는다

내리막길 왜 뛰었느냐 묻지 말아라

막힌 길을 벽 삼아

집을 짓는다 하얀 별빛처럼

까다롭게 발톱이 자란다

버릴 것이냐 더 얻을 것이냐

대답 없는 밤빛을 오징어 썹듯 썹는

문득, 뒷도랑

물속 문을 두드리면
도랑물 모아
어린 나를 세워두고
주먹돌로 때를 미는 어머니
삶은 옷가지들의
웅얼대는 입담, 방망이에 얻어맞으며
엉키고 굳은 속을 푼다

가끔 물총새 날개 펴는
아무도 없는 물가

어머니와 벌거벗은 소년은
한여름만큼 가득해

몸을 웅크려도 들리는
어깨 너머의 숨소리
마르지 않는 도랑 물소리

빨랫방망이 소리
구름 한 점씩 내려보고 가는 내 뒷도랑

풀잎 기우뚱한 달밤

나는 그대 한복판에 앉아
풀 한 포기로 떨고 있다
꽃을 피우지 못하는 풀줄기에
변함없는 미소
나는 어떻게 환대해야 할지
같은 길을 늘 새롭게 떠도는 구름처럼
바람 부는 대로 온몸 흔드는
나의 의도를 내가 모르고
오직 바람을 누릴 뿐
지겹지 않게 다니시는 그 길
따라가고 싶다
풀잎 기우뚱 일어설 때마다
나를 쳐다보는 당신
말없이 흘러가는 그 길

폐(肺)가 말씀하신다

껵연에 몸 무너지고 난 뒤
벌레 소리 고요한
빈 의자,
해와 달이 파먹다 남은 나뭇잎
폐가 말씀하신다
저절로 우는 형광등 소리쯤
건드리지 말아라
바삐 왔던 숨소리, 자국 없이
몇 번을 더 왔다 가야
새잎 돋아날까

보리수
—부다가야

먼 데서 생각하며 내려오는 빛
되받아 전할 무엇을 모르는 잎들
잠잠히 말 없는 순간들을 모아
푸르게 일렁거리는
보리수 잎 옆에 깨울대며
둘러앉는 바람
뭐 하나 득할까 고개 끄덕이는
굳은 몸속으로 강은 흘러들고
나는 햇빛 받아들이듯
내 한 날을 거부하지 않는다
변함없이 서서 간수해야 할 것은
한근심 놓지 않을 흔들림이다

봄비 되어

봄비 걷는 다리, 아프지 않았다지
맵고 짠
두 분 내 곁에 없다

바라다보이지 않는 곳 멀리
봄비는 푸르게 자꾸 자라고
유리창에 젖어드는 빗방울
봄비가 아니었다
20년 지난 아버지 5년 지난 어머니
울음도 아니었다

하늘 꾸릉꾸릉
일 미루지 않고

자꾸 비 되어 꽂힌다

Sahara

내려와 낮은 언덕이 될 때까지
늘 새로운 것은 사라지는 바람
일어나 무덤을 낙타 등에 싣는다
걸어온 만큼 발자국이 지워지는 모래벌판
내려와 스스로 옷을 벗는 내 몸 부르지 마라
바람의 사이 혹은 지층의 위아래에
이름을 달고 되살아나는 불꽃
번개들이 쩔어놓은 모래
가물가물 사라지는 외봉 낙타를 타고
벌레처럼 제 그림자를 갉아먹는 사하라
사라지는 자국들이 몰려오는
사하라는 오고 가지 않는데
구름처럼 떠 있다가 고요히
늙어가는 나라

어둠 앞을 걷다

조용조용 봄이 지나가는 길
데된 햇잎처럼
몸소 봄노래 부를 수는 없지
우두커니 선 얼굴 하나
묵정밭 들꽃처럼
콧잔등 넘어
봄 없이 꽃을 피우고
사람 앞에 사람 무서운 그늘
매일 별만 뜨는 햇새벽
까칠거리는 누군가의 숨소리
어둠 앞을 어둠이 걷고

공중변소

화장실 벽에 걸쳐진 십자가

목각 예수는 공중에서
자꾸 피만 흘린다고
아기 거미 한 마리
발등 못 자국에서
한 발짝도 떼지 못한 채
눈물 없이 운다

유전자는 말없이
에서*의 팔뚝 터럭만 흔들고 있을 뿐

구린내 나는 사건을 놓고
문짝 틈 사이로 빛이 새어 나가는 길을 따라간다

캄캄한 얼굴 앞에
모세의 지팡이 부러뜨리는 소리

나는 뒷일에 힘만 주고 있을 뿐

* 장자권을 팥죽 한 그릇에 쌍둥이 동생 야곱에게 팔아넘긴 성경 속의 인물. 축복권, 재산권을 소홀히 한 대표적인 인물로 기록되어 있다. 이삭의 큰아들이다.

빛 속의 뼈

식탁 위의 청어 눈알
반짝이는 비늘
나는 동문서답
뼈를 가진 것들의 비밀을 말한다
누설된 몸태에 눈을 감지 못하고
달려온, 빛 속의 뼈
알고 싶다
쉰 바람에 날리는 바다의 기밀처럼
소금 산이 풀어놓는
지느러미 뒤로, 빛의 형상은 닫히고
푸른 등 넘어
바다에 비밀 불어넣는
뼈 속의 빛 알고 싶다

비

비가 오면
나무들은 물고기가 된다

나무들 본향은 우주
빗방울에 온몸 미대야
똑바로 상승할 수 있지
빗방울을 거슬러
하늘로 솟는 나무들의 날개
버드나무 잎은 버들치 떼를 몰고
밤나무 잎은 정어리 새끼 떼를 몰고
오동나무 잎은 가오리 떼를 몰고, 몰고

비가 오면 모든 나무들
춤추는 물고기다

나는 안다

장날 문득, 며느리에게
"애야, 개상어 회를 먹어보자"
아버지가 키우셨던
거실의 왕제비꽃이 귀를 쫑긋 세운다
잡수실 수 없는 부실한 치아를
나는 안다
손수 초장을 만드시며
끓는 정분을
멀리 전송하고 있다는 것쯤
나는 안다
작대기에 제 몸 의지하는 것보다
묵은 제 짝에 기대는 것이
더 편하다는 것
들킨 마음 감출 곳 없어
"애야 너는 이빨 성하제"
어둠 속으로 몸을 감추는 석양이 붉다

시간을 이겨내는 그림자
—부산 좌천4동 산 68-5번지

구겨져 오르는 산동네
슬레이트 지붕에서 떨어지는
낙숫물 세례를 받아야
빈 병 속의 꽁초들은 떠오른다
고물상의 소망도 그러한가
장맛비에 갇힌 근육의 우울
혼자된 벙어리
치매를 이기기 위해 숫자를 센다
종일 걸었던 걸음을 센다
셀 수 있는 모든 것,
그래도 같이 낡아가는 라디오
나이 찬 고양이가 곁에 앉아 말이 없다
찾아오는 것은 싫어하시면서도
선물 담았던 빈 박스들은
고물상에 넘기지 않는 함경도 손 씨 노인
아직 끝나지 않은 전쟁

빈방

성호 왔나
네 어머님

섬김에
눈물로 답하시는

방 구석구석
그늘 배인 벽

성경을 제 나이만큼 읽어야 한다는
울보 엄마는 없다

샛별 한 톨 살아오면
나는 야밤 수캐처럼 컹컹거릴 뿐

당신의 몸내
목덜미 잔털 일으켜 세운다

내 수시로 이방인 되어 떠돌 때
부지런히 기도를 먹고 사신

울보 없는 텅 빈 방

성자의 눈을 닮고 싶은

—최해완

머슴의 아들 내 친구, 우리는

새콤하고 단 버찌 맛을 안다

눈시울의 긴 털까지 노스님을 닮았다

새벽은 아직 깨어나지 않고

아비 목청만 높다 꽃이 핀 오동나무 사이로 해가 지면

빨리도 저녁잠을 챙기던 아이

산간벽촌에 군인으로 장기복무를 하다 지금은

그냥 절간에 앉아 있다 했던가

장작 패는 소리, 닭 울음 들리지 않던 울 너머

빈 쌀독 부엌은 어두웠다 햇빛 쉬었다

가는 마당에 빗방울들이 가끔 찾아와 물곬을 만들고

뒷간 똥통은 말라붙고

돼지우리는 강아지풀로 덮여 있었다

그 아이의 눈 비로소 분별을 놓게 하는 미얀마

이곳까지 찾아온 아이는 늙어가는 몸이 아프기나 하신가

아직도 적막한 아이의 눈

장터 사람
—하희찬

밭뙈기 하나 없는 오일장
땜질을 한다
나무망치에 함석 소리 죽어난다
장터 입구 움막집에 쪼크리고 앉은
양동이, 세숫대야, 물뿌리개, 물동이
시장통 잡소리들
숫기 없이 널브러진다
염산 묻힌 인두에 납이 뭉개지고
찾아가지 않은 낡은 빨래통 속에 핀
빨간 채송화
때울 수 있는 물건은 자꾸 모여들고
하희찬은 기우는 해를 따라
시끄러운 시장통을 거슬러 주막으로 간다
복어 알 잘못 먹어 술빚 짊어지고 떠난 사람

오일장

담벼락 등지고 비닐 장판 척 깔리면
오일장 열린다
제사상같이 제자리 차지한 건어물
뒤 제위처럼 앉은 주봉수*
제물을 차려온 지 사십 년
동네 귀신들 모두 꿰차고 앉아
자신이 가야 할 방향은 모르신다
늙어가는 저 신위의 자리는 다음엔 누구일까
극락을 믿고 싶은 어미는
삼십 리 길 걸어 제물을 떼오시고
공책에 적힌 까만 제삿날은
쉼 없이 돌아오고
장날마다 누구네 젯날을 묻는 생선 장수
내장 냄새 쉰 그림자에 묻어
전 앞에 다시 찾아오면
가자미 서넛 수레에 달려 집에 가신다
젯날 속에 기억될 것을 생각하면

잘 살아야지
실큼한 마음 한구석에서
소소한 바람 소리 난다

사진 고르기

스냅사진을 원하는 신문사 전화에
앨범 속에 꽂히지 못한 얼굴들까지
나를 찾아 뒤적인다
먼저 표정 관리가 잘 되어 있어야 하고
이가 살짝 드러나는 웃음이어야 하고
건방지거나 야하지 않은 캐주얼 차림이어야 하고
내가 좋아하는 모자도 벗어야 하고 무엇보다
긴 낙타 눈썹 닮아야 하고
빌어먹을 자신이
자신 한 장 골라내지 못하는 아침
얼마나 잘난 놈이어야 하는가
하나밖에 없는 흔적들
감히 내 멋대로 나를

꾸무장우 사소, 꾸무장우

이른 아침 홀어미는 꾸무장우*를 머리에 이고 달려온다

아침 햇살이 속 쓰린 내장을 훑고 갈 때
담 너머 골목을 깨우며 지나는 카랑한 목소리
"꾸무장우" 숙취한 이마를 뚫고 간다

머리 위 큰 다라이가 꿈틀거리고
잰걸음 꾸무장우 골목 끝으로 멀어져 간다
"꾸무장우 사소오 꾸무장우……"

아침 햇살 홀어미 등을 바삐 쫓아, 행상 소리 따라잡는
동안
나는 홑이불을 감고 돌아눕는다

---

* 장어의 경상남도 지역 사투리.

낡은 소파를 보며

다 닳은 인조가죽 소파 하나가
중고 가구점 앞에서 그늘을 앉히고 있다

그림자를 다 밀어낼 때까지
낯선 얼굴로 기다리는 그대
저렇게 버려진 채
무연히 고가도로 밑 철골을 바라보겠지

좌석 버스가 매연을 내뿜고 사라진 뒤
삐져나온 배꼽이 숨을 쉰다
제 몸을 그늘로 가린 가로수 잎들이
홀로 너울거리고

콧등에 걸린 안경 너머
아파트 유리창을 넘나들다 남은 가을빛이
코가 찢어진 소파에 내려앉는다
뒤축이 다 닳은 내 구두는

아직 그늘에 다다르지 못했다

멀리 있는 낡은 소파 하나
결국 나를 묶지 못하는

연꽃

자전거를 끌고 가는 세 개의 발자국

연꽃이 빤히 웃는다

나는 환한 미소 가까이 가려고

개구리 발로 뛰어보지만

도르르 물방울만 미끄러진다

다시 일어서는 그의 소 웃음

뭘 골똘하시는지

나와 눈이 마주친 연못

수액을 끌어올리는 나무보다 더 쉽게

바깥 세계에 발을 내디딘다

연꽃 머리에 퍼질러 앉은 나는

뿌리를 하늘에 심고

다시 서릿바람

갈바람 꼬리가 갈참나무에 올라

잎들을 탁탁 친다

다사다난한 한 해, 누군가 내 목소리를 끌고 간다

발꿈치를 뒤따르는 서릿바람

콕 쏘는 사이다 바람 콧속이 시큰하다

반짝이던 것들 다 어디 갔을까

오그라드는 햇살

빈 들판 마른 풀대가 타서

하늘다리 놓은 연기

굿거리라 하자

나는 검불처럼 타올라

연기의 다리를 건너갈 수 있을까

뜨거웠던 성하(盛夏)가 수많이 지나갔는데

나는 여전히 빈 가지처럼 춥다

너무나 신중하게 그러나

막 깨어나는 갈참나무 가지 끝에서

예레미야 애가*

조드가 왔다 지평선은 말이 없다

땅딸막한 민들레와 쑥 향 반기는 초원
컬렌 강물을 만져보면 정녕
나는 몽고반점의 후손이다
테무친의 살진 전마(戰馬)도 이 강물을 들이켰
을,
성을 쌓는 날로부터 이 땅이 망할 것이라는
돈 위커크**의 눈동자가 빛나는 하늘
살을 에는 추위와 불볕 이겨내며
말발굽 찍었던 날들
새로운 시간 앞에
용서할 수 없는 것들은
용서할 수 없는 대로 남고
뭉게구름 동물들 아래
푸덕이며 나는 독수리 날개 가볍지 않다

예레미야가 내 머리를 획 지나간다

---

* 구약성서 중의 한 권. 대재난으로 황폐해진 예루살렘을 애통히 여겨 읊은 예레미야의 슬픈 시가(詩歌).
** 돌궐의 장수다. 그의 비석이 몽골 울란바토르 인근 초원에 남아 있다. 그 비문에는 "성을 쌓는 자는 언젠가 그 성이 무너지는 것을 볼 것이다"라고 적혀 있다.

문득, 여름

내 어릴 적 보아왔던
큰골은 햇빛과 안개 마당

밤나무골 울타리에서
작대기 휘둘러 독사를
가시덤불 쪽으로 훌쩍 던지는 소년, 현명했을까
지금도 곤추서는 머리칼
순간 첫 살상을 일으켰던
현장을 지날 때마다
한동안 나는 뱀이 되는 꿈을 꾸었다
나뭇잎들이 내 머리 위에서 동의했지만
지난 일들을 덮어주는 망각

추억인지, 살상 현장 확인인지
가끔 나는 숲을 찾는다.

(그 독사가 살아 있다면 44세의 잘생긴 노장일 것이다)

백담사
—만해 선생을 생각하며

저녁 무렵
법당 처마 구석, 찢어진 깔때기 모양의 거미줄을
바람이 와 흔든다

그늘과 삼복더위
시끄러운 물소리 어디서 오는지

당신은 아직 그 거미줄에서
혼자 울고 있다

서쪽 하늘 그 매화나무 아래에서

곡우(穀雨)

가로등 꼭대기에 앉아 있는 나는

척척하게 달라붙는 빗방울에

날갯죽지를 살품에 바짝 움츠린다

바라보면 아파트 길가 밭뙈기에서

고추 모종하는 부부

파마한 머리 위에

은단같이 맺히는 빗방울,

손바닥 우산이 얼굴을 가려도

얼뜨기상이 되는 것을 막을 수 없다

그러나 까치가 날던 날의 자동차 바퀴

가까이 비양을 치는 아버지에게 두들겨 맞는

어머니의 비명 소리

마당에는 아무 상관없이 추적추적

손님이 방문하시고

뿌리들은 제 어두운 몸을 흔들고

깃털 속의 물은 강처럼 흐르고

황사

성질 좀 죽여요
블루밴드고비*처럼 빛나는 대륙
뿌연 먼지 속을 오고 가는데
구름 같은 캐치프레이즈를 들고
벌레 한 마리 없는 땅을 만들겠다니

인공 비를 만들기 전
우리는 나뭇잎에 흔들리는 바람 한 점에도
귀 기울이지 않았다

모래구름 이는 날이면
집채보다 큰 입을 위해 죽어가는
돼지들의 아우성

---

* 아프리카 열대지역에서 살아가는 열대어. 신비로울 만큼 다양한 빛깔을
갖고 있어 세상에서 제일 아름다운 물고기로 불린다.

갈대 할아버지

갈대 할버지

아이나 어른이 다 부르는 이름 앞엔
언제나 갈대 한 줄기 흔들리고 있었다

6 · 25 때 헤어져 지금껏
어여쁜 색시만 기다리다
겉과 속이 다 허예진
꼿꼿한 할아버지
한 번도 다른 곳으로 떠난 적 없다

그러고 보면 갈대는 우는 것이 아니었다
우는 갈대는 지상에 없다
죽을 때도 서서 죽는 수행은
오직 끝없이 차오르는
속을 비우기 위한 것

선 채로 죽어 부르는 바람
바람 한 점 부르는
북의 새악시

인왕 산정

인왕봉에서
내려다보는 서울은 조용하다
소란 속에 파묻혔던 얼굴 되살아나지 않는데
때로 서울이 나에게 까다롭게 물어왔을 때
답을 내놓지 못하고 나는
미안스럽게 때만 기다렸다
살아 있는 풀잎 하나도
기우는 방향이 있어
할 말을 품는다
바람은 남쪽도 북쪽도 아닌
다른 곳으로 불어간다
무슨 꽃을 먼저 피울까

반계, 청개구리

삭정이 위에서
햇살을 등에 진 청개구리 한 마리
한여름 할딱거리는, 물컹한 기도
하나님은 관심이 없다

밤낮없이 캄캄한 바위
매미들의 엉킨 목소리 해독하느라
구름장까지 걷어치웠다
그늘에서 거미가 나방 체액을 빨며
목울대 꿀렁거린다
귀 먼 하나님

툭 불거진 두 눈의 불안
물가에 어미를 묻은 요 주인공
폴짝, 물가로 뛰어내린다

사막 가운데 내리는 어둠의 뿌리
—2003년, 늦삼월의 하늘

불빛 쫓던 어둠 사라진다
섬광 뒤 공간은 더 짙고

석간신문에는 다리가 날아간 아이
별이 떠 있는 방바닥에
손등을 내려놓고

모래기둥 치솟는
메소포타미아

왜 평화의 깃발은 지하로 숨는가
회오리바람 하늘 비틀고

만취

한 뼘 수평선 위에서
잘 들리지 않는 짐승 목소리로
초승달이 말을 한다

내일 아침 태양이 비번 날이라고

취한 나그네 엎드린 곳에
구름이불 덮인다

음을 벼리는 손

아이가 두들기는
검고 흰 건반의 바다
수면을 차고 튀어 오르는
물고기의 날샌 입
바람 부는 날의 안개였다가
밖으로 빠져나가는 황홀한 외길
지느러미가 가로지르는
드뷔시의 달빛
까치놀 반짝인다
음률이 귀청을 채우고
두름손에 물결치는 바다
아비는 저물면서 되돌아오고

새우깡

석모도 가는 바다
인스턴트 새우깡 맛을 아는 괭이갈매기
언제부터인가 한 식술이 되었다
느린 물길을 깁던 날개가
가볍게 낚아채는 낮은 뱃머리
공중의 새우깡을 포획하는 날렵한 전개
클로즈업되는 부리,
배 꽁무니를 따라다니며
새우깡을 잡아채는 순간의 몸짓
훈련도 적응도 아닌 비행, 석모도로 건너가는 뱃전이
와삭 씹힌다

序詩

쩌푸린 비구름 온몸 휘감을 때
바다 밑 밭이 비에 젖는다
밭엔 태풍이 엎어져 운다
잔뿌리까지
갈증 풀 수 없으나
나는 아가미가 필요할 때까지
가라앉고 싶다

녹슨 칩을 바꾼 채
춤추는 경계같이
혼자 웃는 짐승일 수 없어
몸까지 받아들인 거울 나는 내
밭에 눕고 싶다

삶의 혐오를 견디는 죽음의 높이

이영진   시인

> 두 시간 반 시차를 타고
> YTN 뉴스에 눈이 내린다
>
> _「눈 내리는 미얀마」 중에서

10년째 미얀마에서 살고 있는 전성호는 경계 밖의 시인이다. 그가 실감하는 실존은 앞의 시 「눈 내리는 미얀마」의 후반부에 극명하게 드러난다. 그는 '두 시간 반 전의 눈들아/(중략)/빠떼인 너머 우기의 빗줄기 희미한 곳/어떤 발자국에도 속하지 않은 모래 속으로/더 깊이 남하'하고 싶다고 노래한다. 그가 도달하고 싶은 곳, 즉 어떤 곳에도 속하지 않는 곳은 바로 끝없이 빗줄기가 쏟아져 깨끗하게 발자국을 지워버린 모래밭 같은 곳이다. 그는 끝없이 갱신된 세계를 찾아 떠도는 자발적인 디아스포라의 초상을 지니고 있는 셈이다. 근거지를 떠나 낯선 곳을 떠도는 자들은 근원에 대한 회귀에 민감해진다. 그래서 근원으로부터 멀어질수록 희미해지는 소속감과 존재감 때문에 종종 자살을 꿈꾼다고 한다. 이산자들의 이런 고백은 고스란히 전성호에게도 해당된다. 그의 언어에 밴 엘레지풍의 물기는 전형적인 이산자들의 근원에 대한 그리움 그것이다.

전성호에게 공간과 시간은 이곳에서 저곳을, 저곳에서 이곳을 반사하는 거울처럼 동시성과 비동시성을 함께 드러낸다. 국경과 언어의 경계를 넘는 자들은 자신이 도달한 특정한 공간과 떠나온 곳의 기억을 동일한 '사람'의 층위에서 통합시키려는 욕망을 갖는다. 어느 한쪽을 배척하기보다 오히려 두 방향의 중심을 한 몸에 다 구축해내려는 것이다.

전성호는 이런 세계 속에서 어느 곳에도 속하지 않는 '다른 곳'의 차이를 체현하는 것은 "살아 있는 것들을 찾는/발톱이 아프다"(「눈 내리는 미얀마」)고 말한다. 「혼자 있게 하는 별」에서도 별은 "멀리서 까불거리는 저 새로운 발톱들"로 묘사되는데 이 역시 "바람은 지혈되지 않고/사랑도 끝내 용서하지 못하는 것"이라는 결론에 이른다. '지혈되지 않는 바람, 끝내 용서하지 않는 사랑'은 적절하게 타협하고 멈추는 자의 것이 아니다. 끝없이 이동하는 자, 새로운 곳을 향해 떠도는 자의 것이다. 초월적인 저 너머의 어떤 곳이나 깨달아버린 자의 관조하는 포즈가 아니라 지금 이곳의 실재하는 일상을 사랑하는 자의 것이므로 "용서하지 못하는 것"이 되는 것이다. 진행형의 아픔이 발견하는 미얀마의 '광경'은 리얼하고 익살스럽기까지 하다.

> 풋망고가 조랑조랑
> 젖을 빨다 양철 지붕 위로
> 뛰어내린다
> 나는 놀라고 풋망고는

벌러덩 자빠지며 뒹군다

나는 속으로 씩 웃고

망고는 참지 못해 제 온몸에 상처를 낸다

떨어지지 않고 버티는 놈들에게

손사래 치는 잎사귀의 바람, 그러나

뛰어내려야 했던 멍든 자들이

내 다리를 꽉 물어버린다

—「망고 나무가 있는 집」 전문

달걀만 한 크기의 풋망고가 우기의 빗줄기 속에서 떨어져 내리는 철이 되면 개들도 망고 나무 밑을 어슬렁거리지 않는다고 한다. 하나의 사건과 풍경이 만나 이루는 광경은 두 국면을 모두 성공적으로 포착할 때 입체감을 얻는다. 이 시가 얻어낸 풍자와 해학의 경쾌함은 그가 집요하게 현실에 대한 비판적 인식을 유지하기 때문이다. 네윈 장군 때부터 심화되기 시작한 미얀마의 군부 통치는 60년 이상 계속되고 있다. 133개 이상의 부족이 서로 다른 언어와 전통을 유지한 채 다민족국가를 이루는 미얀마의 정치적 환경에 시인이 예민하게 반응하는 것은 지극히 당연한 일이지만 이런 인식이 충분히 내면화되어 날카로운 비판적 지평을 획득하기란 결코 쉬운 일이 아니다. 미얀마의 억압된 정치 환경에 대한 전성호의 비판적 자의식은 베네딕트 엔더슨이 지적한 대로 국가니 민족이니 이념이니 정체성이니 하는 등의 완강한 개념들이 "상상된" 것에 불과하다는 인식과 같은 맥락 속에서 이루어진 것들이다. 한국인, 미얀마인과 같은 삶의 실체를 떠난 범주가 그에게는 결코 고려의 대상이 되지 않는다. 부산

민락동의 횟집에서 발견하는 사람들이나 미얀마의 바간 혹은 만달레이에서 만나는 삶들이나 모두 같은 삶의 지평 위에 오버랩되어 있다. 전성호의 관심은 그들이 앓고 있는 딜레마일 뿐이다. 동일한 애정과 비판의 시선은 두 세계의 공기나 나비, 햇살에 데친 나뭇잎, 개들의 울음소리 그리고 부산 남천동이나 미얀마의 이라와디 강가의 '흔적들'에 동시에 작동된다.

그는 '꾸무장우'(곰장어의 부산 사투리) 행상을 하는 어머니 밑에서 가난한 유년을 보냈으며 고학으로 대학을 졸업한 20대부터 무역업에 종사해온 프로페셔널한 '상인'이다. 30여 년이 넘도록 대기업의 상사 주재원으로 무역상으로 폴란드, 동유럽, 그리고 러시아, 남미 대륙을 떠돌다 10년 전부터 미얀마에서 살고 있다. 그에게 지구상의 좌표에 드러나는 특정한 지역은 이질적인 체험의 공간이 아니라 모두 평범하게 일상을 살아가는 연민에 찬 '사람들'의 마을일 뿐이다.

그래서 그의 시에 등장하는 삶들은 국가나 민족의 특성보다 사람살이의 보편성에 집중되어 있다. 단지 모어(母語)로서의 한국어가 그의 흔적을 함께 공유하게 하는 유일한 근거라 할 수 있는데 이는 그의 시가 국경을 넘어 세계의 보편성을 획득하는 데 독특한 시사적 지위를 획득할 수 있는 가능성의 근거라 할 수 있다. 실시간으로 정보와 상황이 공유되는 급격한 세계화의 흐름 속에서 모두가 모두의 스크린이 되어 되비추는 만화경을 그는 조금도 특별한 현상으로 받아들이지 않는다.

그러나 도시와 도시를 떠돌며 유목민이 되어가는 과정을 체득한 그의 몸은 기묘하게도 근대나 탈근대의 담론을 비켜서 있다. 그의 시간들은 오랜 과거와 현재가 뒤섞인 무시간의 시간성을 이룬다. 그에게 시간은 철저히 사람의 시간 그 자체로 이루어져 있다.

모어로 쓰여지는 그의 시가 종종 익숙한 통사적 관습에서 벗어나 직관 그 자체에 직입되는 것도 이런 독특한 삶의 인식과 무관하지 않다.

해 질 녘엔 누구나 자신의 긴 그림자를 보게 된다
이 생각 저 생각, 나는 서 있다
눈도 오지 않는 양곤에서
나는 나를 무한히 사랑해야 한다
눈처럼 흘러가는 흘라잉 강과 빤라잉 강을
탓할 수는 없는 것
강을 먹고 사는 물고기처럼
나는 스스로 내 안팎을 채우지 못하고
어슴새벽 개밥 그릇 같은
어둑한 손을 핥는다
흘라잉 강과 바고 강이 만나 바다로 흘러가는
양곤 강, 소리 없이 바라보면
언제나 그랬듯이 나는
뼈 없는 몸처럼 멀리 흘러간다
몸서리친들 벽이 울더냐
노을 구름 가르며 물비늘이 묻는다
지워질 때처럼
다시 아침 햇살이
온몸으로 달려와 매달리는 하구의 미이와,

탁류의 나는 말문을 닫는다
그러나 들을 수 있다
까마귀 울음소리조차
새로 태어나는 해 질 녘 미이와를
흘러가는 나의 긴 그림자

_「양곤 엘레지」 전문

에토스적인 친밀감과 애상의 간절함으로 다가오는 형식이
왠지 모던한 도회적 감수성과는 거리가 있는 엘레지임에도 이
시는 놀랍도록 생기가 넘친다. 미얀마의 수도였던 양곤 한복판
을 가로지르는 양곤 강은 홀라잉 지역과 빠라잉 지역을 흘러가
면서 각기 다른 이름을 얻는다.

낯설기만 한 이 이국의 강가에서 그가 확인하는 것은 외로
움이다. 열정의 깊이보다 어두운 실존의 그림자를 향해 그가 외
치는 뽕짝과도 같은 절규의 리듬은 "언제나 그랬듯이 나는/뼈
없는 몸처럼 멀리 흘러간다/몸서리친들 벽이 울더냐"이다.

살아 움직이는 순간의 흔적을 이만큼 생생하게 노래하기는
어렵다. 시를 통해 이국 생활의 구체적인 외로움이 무엇 때문인
지 아무런 정보도 얻을 수 없고 딱히 말하고자 하는 메시지도
없는데 해 질 녘 강가에 나와 선 자의 외롭고 긴 그림자에 독자
를 동참시키고 마는 이 엘레지의 힘은 생생한 호흡 바로 그것
때문이다.

수없이 많은 나라들을 떠돌면서 만났던 사람이며 에피소드
들은 '언제나' 그랬듯 다큐적 사실성으로 시에 개입하지는 않
는다. 사람에 대한 지극한 애정은 사람에 대한 끝없는 '혐오'를

견디는 일과 같다. 그가 세계를 떠돌며 축적한 '부'를 그는 자신의 풍요로운 삶을 위해 사용하지 않았다.

그는 자신이 얻은 것들을 아무것도 갖지 않은 자들에게 조건 없이 기부해왔고 이런 애정은 때론 쓸쓸함에 이르기도 한다. 그의 삶과 시를 가까이에서 지켜봐온 나는 종종 영국의 테리 이글턴이 제안한 자본화된 세계에 대한 마르크스적 대안과 프로테스탄트적 신뢰 혹은 사랑의 방식을 떠올려보곤 했다. 잉여와 이윤을 잘 아는 그가 현실 속에서 택한 방식은 스스로 그 잉여의 생리를 벗어던지는 것이었다. 자본주의의 생리를 누구보다 잘 아는 그가 그것을 거꾸로 거스르며 살아가는 광경은 익명의 사랑이 남몰래 이루는 장엄한 광경이 아닐 수 없다. 때론 삶의 자질구레한 이력이 구차스럽게 여겨지기도 하지만 그 이해 없이 그가 생산하는 언어를 온전히 이해하기 또한 어렵다. 그가 많은 우여곡절 끝에 모든 것을 잃고 양곤의 흘라잉 강가에 이르렀을 때 그는 거꾸로 "나는 나를 무한히 사랑해야" 하는 이유를 발견하게 되었다고 고백한다. 아무튼 그의 선의는 숱한 상처와 혐오를 통과해야 하는 것이었으며 죽음에 이를 만큼 위태로운 중병에 시달리게도 했다. 「양곤 엘레지」는 바로 이런 사랑과 혐오의 두 극점 사이에서 태어난 노래다.

물의 안팎을 경계 지을 수 없듯 전성호의 삶은 "강을 먹고 사는 물고기처럼" "스스로 내 안팎을 채우지 못"한다. 매 순간의 살아 있음이 곧 가득 찬 딜레마인 이곳에서 그가 확인하는 것은 프로메테우스의 아침처럼 새롭게 태어나는 심장의 실감과 어찌할 수 없는 슬픔이다. "까마귀 울음소리조차/새로 태어나는 해 질 녘 미이와를/흘러가는 나의 긴 그림자".

전성호의 말처럼 '언제나 그랬듯이' 흘라잉 강과 빤라잉 강은 그곳이 딱히 양곤일 필요도 한강이나 낙동강일 필요도 없다. 그 자신이 마주한 삶의 모든 공간은 언제나 이런 해 질 녘 노을 지는 강가의 긴 그림자 같은 순간의 연속인 셈이다.

욕망 또는 소유의 끝을 아는 정신이 도달한 포기할 수 없는 열정은 결국 다큐멘터리도 드라마도 아닌 그것들을 무화시키는 노래일 수밖에 없다. 한없이 확대된 주체적 자의식의 분절되고 해체된 감옥에서는 결코 발견할 수 없는 절경을 그는 살아내고 있다. 그러나 그는 종종 끝 모를 어둠을 응시하며 몸서리치기도 한다.

> 조용조용 봄이 지나가는 길
> 데된 햇잎처럼
> 몸소 봄노래 부를 수는 없지
> 우두커니 선 얼굴 하나
> 묵정밭 들꽃처럼
> 콧잔등 넘어
> 봄 없이 꽃을 피우고
> 사람 앞에 사람 무서운 그늘
> 매일 별만 뜨는 햇새벽
> 까칠거리는 누군가의 숨소리
> 어둠 앞을 어둠이 걷고
>
> ─「어둠 앞을 걷다」 전문

봄의 찬란하고 화사한 햇빛 속에서 그가 마주치는 것은 햇살 속의 캄캄한 어둠이다. "몸소 봄노래 부를 수는 없지/우두커니 선 얼굴 하나" 서정적인 풍경 속에서 자연스럽게 펼쳐지는 햇잎의 마술을 함께 즐길 수 없다는 자각이 "사람 앞에 사람 무서운 그늘"을 겪어본 자의 절망적 인식이다. 그의 사람에 대한 열정은 수많은 "사람 앞에 사람 무서운 그늘"을 건너오면서 형성된 것인데 그는 지금 "묵정밭 들꽃처럼" 우두커니 서서 "어둠 앞을 어둠이 걷"는 끝나지 않는 무서움을 자신에게 허락하고 있다. 그럼에도 이 시에 드러나는 절망은 타자에 대한 원념이라기보다 자신의 내부를 향해 봄노래를 부를 수 없다는 자기 응시로 이어지고 있다. 그는 "조용조용 봄이 지나가는 길" 앞에서 수행자처럼 자신의 내면을 들여다보고 있는 것이다.

그는 점차 삶의 욕구가 끌어올리는 죽음의 자연스런 변주를 깨달아간다. "치솟는 날개의 욕구들//보라, 죽음의 높이를 알고 있는/풀이나 잔디를"(「죽음의 높이」)―무성하게 자라 오르는 풀과 잔디의 형상에서 사라지는 것들과 드러나는 것들이 경이로운 변주를 발견한다.

전성호의 「죽음의 높이」는 윤동주의 「서시」가 갖는 "죽는 날까지 하늘을 우러러/한 점 부끄럼이 없기를/잎새에 이는 바람에도" 괴로워하는 순정한 나르시스적 긴구와는 많이 다르다. 숭고하고 존엄한 정신의 종교적 염결성은 풀과 잔디로 상징되는 낮은 존재들의 것이 아니다. 날마다의 양식을 얻기 위해 치르는 익명의 민초들, '밥의 굴욕'을 아는 자들이야말로 생존의 엄혹함을 삶의 조건으로 수용하는 또 다른 일상의 순교자들이다. 전성호의 죽음에 대한 통찰은 풀이나 잔디처럼 낮은 몸을 지닌 하찮은 것들이 죄를 짓고 괴로워하며 이를 구원으로 승화시켜가는 '과정으로서의 인간'과 그들의 욕망, 죽음을 날카롭게 포착하고 있다. 인간적 한계로 인한 피할 수 없는 죄의식을 수용함으로써 얻게 되는 죽음과 그 높이를 그는 말하고 있는 것이다. 살아 있는 것들의 내부에서 솟구치는 죽음과 삶을 동시에 견뎌내는 긴장은 아프지만 빛나는 상처가 되기도 한다.

전성호의 이런 통찰은 가난하고 곤혹스런 삶의 풍경을 만날 때마다 날카로워진다. 하루에 6천 원 정도를 버는 미얀마의 자전거 인력거(사이드카)꾼들의 고단한 삶을 그린 「벽」은 '매미 울음'이라는 부제를 달고 있는데 "투지를 벼리어 끊고 맺는 높은 음역"을 이루는 매미 울음소리는 한순간에 사이드카를 모는 자의 울음소리로 전환된다. 식구들의 생계를 책임진 자는 순교자가 아니다. 그는 포기할 수 없으므로 자신이 직면한 고통을 통해 스스로를 숙성시켜가야 한다. "대추알은 익을 때까지 더 깊이 울" 수밖에 없는 것이다. 자칫 일방향의 모럴에 빠져들기 쉬운 국면을 아픔 그 자체로 정직하게 드러냄으로써 육화된 몸(세계)를 획득하는 데 이르러 있다.

그러나 사이드카꾼과 매미 울음소리를 동일한 질료로 파악하는 비유적 인식은 모든 갈등을 가진 자와 못 가진 자의 대립과 억압으로 환원시키기 쉬운 위험에서 벗어나게 하고 있다. 그의 시가 이렇게 정신주의의 상투성을 극복해가는 것은 체험의 밀도와 정직성 그리고 발상의 독특함에 있다.

위급할 때마다 집을 만드는 게는 네 개의 발로 구멍을 파면서 네 개의 발로 기어 나온다

옆으로 걷는 전진과 후퇴의 기술, 그렇다 모래밭은 귀로 듣

는다

—「관찰」부분

비가 오면
나무들은 물고기가 된다
(중략)
하늘로 솟는 나무들의 날개
버드나무 잎은 버들치 떼를 몰고
밤나무 잎은 정어리 새끼 떼를 몰고
오동나무 잎은 가오리 떼를 몰고, 몰고

—「비」부분

　미얀마 서부 뱅골 만에 접해 있는 나팔리 해변에서 만난 빨간 게들을 '관찰'하는 전성호의 눈은 구멍을 파면서 동시에 기어 나오는 게의 발이 아니다. 그는 이 풍경의 현상 너머에 축적되어 있는 그의 위기에 대처하는 경험을 들여다본다. 전진과 후퇴의 기술 그리고 순식간에 그것들을 전복시키는 초월적인 감각 즉 "귀로 듣는" 모래밭에 이른다. 경험적 사실들에 편재된 생존의 지혜나 규칙들이 전복되는 순간 그는 의미 이전의 감각을 획득한다. 그러나 「비」에 드러나는 놀라울 만큼 경쾌한 상상력의 전환은 사물들의 고정된 규범을 깨뜨리는 즐거움에 비해 발견 이상의 극적 긴장으로 이어지지 않는다. 경험을 통해 축적된 자신만의 고유한 세계와 이어지지 못함으로써 세계의 몸을 얻는 데 이르지 못하고 있는 것이다. 자신의 경험을 자기의 것으로 만드는 일은 시적 연상이나 직관의 상관물들이 의식되기

이전의 무작위 속에서 우연히 이루어진다. 물론 '귀로 듣는 모래밭'처럼 자신의 내면적 관심이 축적된 어느 지점이 하나의 진행 중인 '지향성'을 드러내는 데 성공하는 경우도 많지만 「비」에서는 풍경이 사건을 만나 광경에 이르는 시적 내러티브가 형성되고 있지 않다. 나뭇잎과 물고기의 형상적 유사성이 겹쳐져 비유의 즐거움을 얻지만 내면의 흔적들과 조우한 상황은 드러나지 않는다. 미리 예측할 수는 없지만 명확하게 삶의 딜레마를 향한 동기와 에너지가 어떤 지향 속에 있는지 알 수 없다.

그러나 이런 작품들과는 달리 전성호의 '죽음의 높이'를 이루는 구체적인 경험의 단서는 과거로 회귀할수록 뚜렷해진다. 어머니와의 기억과 관련된 「문득, 뒷도랑」, 「빈방」, 「나는 안다」 등의 작품과 친구나 이웃들을 그린 「장터 사람」, 「성자의 눈을 닮고 싶은」, 「시간을 이겨내는 그림자」 등이 모두 이런 명증한 기억들이 잘 형상화된 작품들이다.

물속 문을 두드리면
도랑물 모아
어린 나를 세워두고
주먹돌로 때를 미는 어머니
삶은 옷가지들의
웅얼대는 입담, 방망이에 얻어맞으며
엉키고 굳은 속을 푼다

가끔 물총새 날개 펴는
아무도 없는 물가

어머니와 벌거벗은 소년은

한여름만큼 가득해

_「문득, 뒷도랑」 부분

투명하고 아릿한 유년의 기억이 물소리와 함께 흘러온다. 그러나 어머니와 어린 아들이 이루는 극적인 장면들은 시인의 전 생애를 통해 가장 완벽한 세계다. 그러므로 "가끔 물총새 날개 펴는/아무도 없는 물가"는 신화의 세계처럼 이상화되어 "한여름만큼 가득"해지고 있다. 그의 유년 시절에 대한 평범한 기억은 앞서 인용한 시구들을 통해 살아 있는 것들의 신성한 불안과 실존의 '떨림'을 지금 이곳의 즉시성 앞으로 불러내는 데 성공하고 있다. 이야기는 살아 이야기의 전통 너머를 새롭게 호출한다. 김소월이나 이용악, 백석의 전통에 비추어 손색없는 풍경들이 우리를 익숙한 유년의 세계로 이끌지만 회상을 관통하는 모험의 즉시성과 그로 인해 발생하는 정직성이 보다 근원적인 지금 이곳의 일상으로 이어져야 한다.

병원 벤치에 앉는다

발밑 풀잎이

링거병을 세운 채

밟히며, 견디며, 엎어지는 중이다

내 어머님의 마지막 선물은

여린 풀잎 한 장이었다

숨통을 끊어놓지 않은
환자복이 고맙다

햇살의 속내는
비릿하고 맹맹해

내 속에 자리잡은 돌덩이 하나
타협 없는 길 열어야 한다

—「마지막 선물」 전문

  앞선 두 작품에 등장하는 어머니가 작동하는 방식을 비교해
보면 자명해진다. 치열한 죽음과의 사투와 풀잎 그리고 구원의
이미지로 성화된 어머니, 햇살과 링거병 모두 "타협 없는 길"을
향한 생생한 집중력을 발휘하고 있다. 잘게 부서져버린 거울에
비추어진 세계가 오히려 익숙한 자의식이 되어버린 획일화된
세계에서 새로운 서정의 힘을 발휘하는 전성호의 언어들은 대
부분 미얀마에서 쓰였지만 이렇게 국경 너머의 공간이 모국어
의 풍요로운 텃밭으로 환원되고 있어 놀랍기만 하다. '산맥을
넘어가면서도 깨어지지 않는 구름'처럼 완강한 일국주의 경험
을 넘어 두 개의 혹은 그 이상의 세계로 지평을 확장해가는 전
성호의 세계는 또 다른 새로움이다.

미얀마 양곤을 거처로 삼아 반쯤 정착을 한 지도 십여 년이 되어간다. 문밖은 건기인 1월이지만 여전히 따가운 열기로 대낮의 공기가 달아오른다. 하지만 YTN의 뉴스 화면엔 폭설 소식이 가득하다. 눈이 내리는 평창과 고향 부산의 눈 쌓인 풍경이 손에 잡힐 듯하다.

두 시간 반의 시차. 그래서 나는 꼭 그만큼의 가까운 미래를 가불하면서 산다.

문밖을 나서면 치마 같은 론지를 입고 까맣게 탄 깡마른 얼굴들이 거리를 메우며 오고 간다. 이 또한 전혀 낯설지 않다. 오버랩 된 두 세계의 어느 곳이 나의 일상일까.

부산이나 서울에 가면 이 매끄럽게 구획된 대도시의 어느 곳에서도 내 유년의 단서를 발견할 수 없다. 그러나 이곳 미얀마에서는 '기억'이 아닌 실제로 감각할 수 있는 '유년의 경험'이 살아 숨 쉰다. 이렇게 앞뒤로 뒤섞인 세계에서 어느 쪽이 더 분명한 실존인지 구분하는 일이란 내게 별로 큰 의미가 없다.

해 질 녘이면 종종 흘라잉 강변을 걸으며 나와 내가 속한 곳의 사람들을 떠올린다. 남쪽의 안다 만으로 흘러가는 강은 사람들의 행불행과 상관없는 무상함을 깨닫게 한다. 나는 내 몸의 안팎으로 흘러가는 강가에서 온갖 분별을 지우며 길게 늘어나는 내 긴 그림자를 확인하곤 했다. 외로움과 등을 맞댄 것이 어느 날 슬픔이 아니라 사랑이라는 것을 깨닫게 되었다.

그 긴 그림자의 흔적들을 불러내는 일이 부디 살아 숨 쉬는 것들이었으면 좋겠다.

―미얀마 양곤에서, 전성호